KB008246

현대시세계 시인선 162

검은 잉크로 쓴 분홍

강미정
시집

검은 잉크로 쓴 분홍

강미정
시집

도서
출판 북인

시간은 무심히 흐르고 나는 분주하게 펼쳐졌다.
놓아주고 풀어주고 채우고 흘러가고
사라지고 차오르는 일 전부가
급한 내 발등의 불이었다.
불 끄는 일이 한참이나 벅찼다.
벅찬 시간 속에서도 면밀히 공들여야 하는 것이 있으므로
빠르게 한 줄 마음을 긋는 반짝임을 경청했다.
온전히 당신이면서 온전히 나인 시간이었다.
혀로 핥아내며 내 상처를 겨우 돌보았으나
당신의 상처도 돌볼 수 있는
다정함을 내가 잃지 않기를 바란다.
구근을 심어놓고 느리게 꽃 피는 것을 보고 싶다.

2024년 3월

차례

1부

활짝,

바짓단이 다 젖은 아버지가
눈이 까만 아들을 옆구리에 끼고 지하철을 탔다
빗물 흐르는 우산을 발밑으로 내려놓고
휘청거리는 아들을 꼭 껴안는다
아버지를 보며 아들이 활짝, 웃는다
지하철은 쏴아아아아 빗소리를 내며 달린다
우산이 없는 사람들이 비를 생각하는 것처럼
고개를 숙이고 바닥에 골똘해져 있을 때
아버지가 내려놓았던 우산이 활짝, 펴졌다
지하철 인파 속에서도 자동으로
비를 막아주고 있는 아버지의 우산
잔잔한 파도처럼 사람들이 웃고
아버지는 겸연쩍은 미소를 지으며 우산을 접는다
튼튼한 아버지는 우산처럼 우리를 보호해주십니다,
썼던 어떤 날의 따뜻한 저녁 밥상 속으로
내 마음이 달려가서 활짝, 펴진다
비는 피하지 않고 뚫고 가는 것이라고
우산 속에서 서로 어깨를 겯고
아들 쪽으로 더 깊이 우산을 씌워주는
한쪽 어깨가 다 젖은 아버지의
활짝, 웃는 얼굴이 보인다

둥근 자세

둥글게 스민다는 말이
소리 없이 울고 싶은 자세라는 걸 바다에 와서 알았다
둥근 수평선, 모래에 발을 묻고 흐느끼다 스미는 둥근 파도,
나는 왜 당신의 반대편으로만 자꾸 스몄을까
내 반대편에서 당신은 왜 그토록 둥글게
나에게로만 빗물 보내왔을까
파도가 대신 울어주는 바닷가에서
둥글게 스민다는 말이 혼자 우는 자리라는 것을 알았다
나를 대신하여 울던 당신이
어두운 곳에서 둥글게 몸을 말고 오래오래 혼자 울던 당신이
이른 저녁 눈썹달로 떴다 울고 싶은 자세로 웅크려 떴다
세상은 울고 싶은 자세로 몸을 웅크리다가 둥글어졌을
것이다
수평선이 저렇게 둥근 것처럼
나를 비추던 울음도, 나에게 스미던 당신도 수평선처럼
둥근 자세였다
모두 멀리 떨어져야 잘 볼 수 있었다
헤어짐이 끝없기 때문에 사랑도 끝없다고 당신은
둥근 눈물로 혼자 말한다

두 량짜리 무궁화호 열차

장맛비 내리는 창에는 창을 바라보는 당신과
입술이 빨간 내가 어룽어룽 겹쳐져 있네

모처럼 겹쳐진 당신과 내가 창문 속으로 흘러가네

헤어질 때 두 눈 꾹 누르던 시간을 녹이며
아직 닿지 못한 곳으로 꾸벅꾸벅 몸 미는 사람들
안과 밖이 차창에 담겨 홍수처럼 흘러가네

풋것의 보따리를 발 아래 두고 술병을 비워내는 당신과
한 쪽 수족을 쓰지 못하는 여자에게서 배웅을 받은 나는

쓰린 마음을 열차 등받이에 푹 기대지도 못한 채
서로가 가진 어둠의 입구를 입술로 꽉 깨물어 여미고
서로 몸 겹쳐지는 창밖의 풍경만 자꾸 눈에 쌓네

두 량짜리 무궁화호 열차에서 서로 몸 겹친
당신과 나는 생전 처음의 연인, 눈을 떼지 못하는

비 그친 창문으로 푸른 팔월 그믐의 별똥별이
밤하늘을 그으며 두 량짜리 무궁화호 열차를 타러 오네

검은 잉크로 쓴 분홍

부피를 가지지 않고도 묵직한 것들은 온다
해가 지고 저녁이 올 때,

병 깊은 여자가 옥상 난간에 앉아 석양을 바라볼 때
역광으로 빛나는 그 여자의 뒷모습을
옥상 계단을 오르던 남자가 멈추어 서서 지켜볼 때
둘 다 눈물 괸 눈빛일 때,

빛이 사라지면 윤곽이 사라지는 그림자처럼,
당신이 사라지면 나는 나의 무엇이 사라지는가

가장 가까운 곳부터 모두 지우고 마지막 하나
검은 잉크로 쓴 분홍문장을 보여줄 때

그 분홍문장 내게 고여 반짝이던 시간이
그 분홍문장 당신 입술에 고여 노래하던 시간이
이미 다 지나가고 허물어져

병 깊은 여자가 바라보던 수십 겹 물결무늬와
그 여자 바라보던 남자의 수십 겹 눈물무늬엔

먼 곳이 지워지고 점점 가까운 곳도 지워져
검은 잉크로 썼던 분홍문장에 엎질러진 먹물,

지우고 싶지 않은 분홍문장만 무한대로 열려
먹물을 먹인 붓을 들고 달빛이 분홍문장을 탁본한다

펴진 손바닥

어쩌다가 방바닥에서 잠이 들었는데
아이가 서럽게도 울었다
놀라 눈을 떠보니
펴진 내 손가락을 오므리고 있었다
손바닥 가득 동전을 얹어놓고
손가락을 오므리며 울고 있었다
얼른 아이를 품에 안고 등을 토닥이며
왜 울었느냐 물어보니
자기가 좋아하는 걸 주는데도
엄마는 받지 않아서 울었다고 했다
자꾸 놓아버리기만 해서 울었다고 했다
이제 막 돈이라는 것을 알아서
맛있는 과자를 바꿀 수 있는
동전이 제일로 큰돈인 줄 알아서
가진 것 다 엄마에게 주었는데
받지도 못한 내 손바닥 잠든 손바닥,
얼굴이나 움켜쥐고 울 줄만 알았지
끝내 사랑도 돈도 움켜쥘 줄 몰랐던
가난한 내 손바닥
독하게 움켜지지 못하고 놓아버린 인생이
내게도 몇 있었다

옆모습을 보여주는 사람

함께 난간에 서서 바다를 보다가 우연히 고개 돌려 옆모습을 보고 말았다 하염없이 혼자 출렁이는 눈빛이었다 그 순간 무겁다 말하지 않았지만 늘 무거웠던 어깨에는 짐이 없었고 등에는 무게가 없었다 그저 잠시 자신의 무게를 가볍게 짚은 홑몸, 그저 잠시 바람에 자신을 펼쳐놓은 홑몸, 배가 항구를 떠나 점점 수평선으로 미끄러져 작은 점이 되는 것을 바라보는 옆모습 자려고 모로 누우면 어깨에서 옆구리 엉덩이까지 곡선을 타고 손이 왔다가 가슴에서 가만히 잠드는 손을 가진 옆모습 이마와 코와 입술과 턱선을 눈으로 만지며 옆모습을 그려보는 또 하나의 홑몸, 함께 가진 바다는 여전히 파도가 높고 나란히 옆모습을 보여주는 홑몸의 말없는 파도는 음계가 젖어 있었다

옹이라는 이름의 문장

내 속의 그 여자가 휘갈겨 쓴 글을 내가 읽는다

사람이 사람을 한없이 외롭게 했다, 이 문장은 선명하게 도드라졌다가 이미 닫혀

어두운 저녁이 오면 해를 향해 타올랐던 뜨거움을 끄고 꽃잎을 닫는 꽃처럼

그저 견딘 외로운 한 문장으로 그저 어두워진 오롯한 한 문장으로 그저 기다리는 뭉개진 한 문장으로 천천히 사그라지는

그 여자의 굳은살 잡힌 가슴에는 가장 나약할 때 떠나버린 한 사람이 있고

더 일어날 기력이 없을 때 손 내밀어준 한 사람이 있어서

가슴에 사람을 넣고 사람을 낳고 사람을 안는 새로운 모험을 본다

젖무덤에 아이를 끼고 피곤에 찌들어 혼자 곯아떨어져
있는 구불구불하고 어둠침침한

내 속의 그 여자가 짧은 문장으로 휘갈겨 썼던 오래된 시
간은 눈시울이 붉고 손마디가 굵다

바닥에 이마를 댄 슬픔

내리는 햇살처럼
무심해져야지

무릎을 꿇고 두 손을 모으고
엎드려 절을 한다 일어나고 싶지 않다
바닥에 이마를 댄 슬픔

묵묵히 젖어
한 걸음 한 걸음 내 모든 초행길이 젖어

천천히 소모하는 슬픔은 모두가
다른 색깔

지나가는 바람처럼 무심해져야지

수십 번 다짐을 하면 수십 번
얼굴이 사라지고 수십 번 마음을 바꾸고
아무렇지도 않은 듯 웃고 있는 슬픔

아직 창밖의 봄꽃에는 마음이 없다

티끌

눈에 티끌이 든 것 같다고 순한 짐승처럼 눈을 맡긴 사람의 눈동자를 가만히 들여다본다

오직 사랑, 오직 당신, 오직 그것뿐 위험한 그것이 두렵지 않아,
내게만 선명하게 보이는 오래된 맹세 그것이 동공을 확장시켰을까

내게 눈을 맡긴 사람의 눈을 아무리 들여다보아도 티끌이 안 보인다

여기서 출발해도 매번 여기여서 앞으로 나아가지 못하고 여기여서 티끌 하나도 볼 줄 모르는 나는 우매한 사람

눈을 맡긴 사람의 티끌을 빼려고 입바람을 불고 머리카락 한 올로 눈을 씻어준다

들었던 티끌이 빠진 것 같다며 순한 짐승처럼 웃는 여기가 티끌의 끝이고 티끌의 시작이다

기꺼이 다른 것이 되어가고 있는 중

전봇대 곁에 누군가 죽은 개를 버리고 갔다
죽은 개는 눈을 뜨고 있었다

발이 닿자마자 증발하는 여름 여우비였고 돌을 깎는 물
소리였고 다시 한 번 숨결을 잃어버린 주검이었고 기꺼이
보이지 않는 무언가로 돌아가는 중인지도 모를 개

유기견이 죽으면 일반 쓰레기봉투에 담아놓으면 수습해
갑니다,
눈 뜨고 죽은 개를 포대기에 싸서 쓰레기봉투에 담았다

참혹을 가려주던 마음은 발을 헛딛고
어떤 마음은 사람이어서 분노했다

나의 어떤 마음이 닿지 못할 깊은 상처를 짊어져 개에게
로 마음이 휜 것인지 기꺼이 다른 것이 되고 있는 소리에
어떻게 귀를 기울였는지 모르지만

공기로 물로 바람으로 수없이 만나고 헤어지고
쪼개져 오늘 겨우 주검으로 만난

나도 남에게 던져보지 못한 돌멩이였고 걷다가 오래 발을 멈춘 민들레 노란 향기였고 죽음에 대해선 여전히 몽매하여 정처 없이 헤매며 끝없이 돌며

　기꺼이 아무것도 아닌 것이 되어가는 중인지도 모를 일이다

에~한 말을 얻다

다진 땡초 마늘 방아잎
듬뿍 넣고 산초가루를 넣자
많이 넣으면 입이 에~하다 하십니다
동생도 나도 알아듣는 말인데
추어탕집 주인은 그 말을 모른다 합니다
얼얼하게 아리고 맵고 뜨거운 그 맛은
국어사전에서도 없는 그 맛은
우리 집 정지*에만 있는지도 모릅니다
그 맛은 엄마의 전매청이었으니까요
열무김치 된장찌개 고등어시래기국에도
그 맛이 들어
입 안 가득 침 돋게 한 맛이었습니다
사는 맛이 에~한 맛이고
살아야 하는 맛이 또 에~한 맛이어서
넘어지지 않으려고
허리를 단단하게 졸라맸다는 맛,
배곯는 자식들 울음소리에
살이 터지고 피가 끓었다는 맛,
에~하다는 맛은 허가 데일 정도로
뜨거운 국물을 먹을 때 맛이 더해집니다

부모님은 덜어내어 식힌 추어탕을 드셔도
입안이 에~하다 하십니다
가슴 에린 맛이다 하십니다

*부엌의 경상도 사투리.

쑥국

날콩가루를 넣어 쑥국 끓이는
늦은 저녁이 있어서
된장을 풀어 앉히고 쑥을 씻는다

어머니가 재빠르게 끓여내는 쑥국에는
느리게 익은 된장과 날콩 비린내와
양지 바른 밭두렁에서 동생과 쫑알쫑알 캐온 쑥이 있고
덕분에 국이 참 맛있다를 칭찬으로 듣는
대견한 저녁 밥상이 있어서
붉게 손등이 트는 봄은 가득했다

나는 들창으로 들어오는 천리향 향기도 없이
가족을 한자리에 불러 앉히는 둥근 저녁도 없이
희뿌연했다가 금세 거뭇해지는 봄날
해 지는 것을 보고 밥 준비를 알리는 알람을 끄고
끓어 넘치려는 불을 낮추고
다듬은 쑥을 손으로 살짝 비벼 향을 냈다가
된장 국물이 끓는 냄비에 넣어 한소끔만 끓인다

어스름 저녁이 쑥 향기로 끓으며 어둑해지고

집에 오는 한 사람의 발소리를

기다린다 전부 먼 데에 있어서
내가 먼 데까지 걸어가야 만날 수 있는 저녁
날콩 비린내가 훅 끼쳐오는 저녁인데
어머니가 불러모으던 그 둥근 불빛 아래가
자꾸 눈 글썽여지는 저녁이다

말을 잃은 몸

뇌졸중 앓은 뒤
한 쪽 몸이 말을 듣지 않는 사람과
텔레비전 본다
끔벅끔벅 말이 없는 몸이 보고 있는 말,
겨우 고개로 끄덕끄덕 더디게 한마디 하는
짧은 말은
차곡차곡 몸속에 저장해둔 소중한 말 같고
오래 오래 기다리고 있었던 말 같아서
말을 잃은 몸이 웃으라고
실없는 농담도 한마디 얹으며
몰랑몰랑한 젖도 만진다
— 야가 간지럽구로 와카노,
일부러 말을 듣지 않는 몸 쪽의 젖을 더 많이 만지며
— 엄마 젖 누가 다 묵었노 누가 다 묵었노
만지고 만지면 눈물이 나는데
꾹꾹 눌러둔 말이 바람에 휙 들쳐진 것처럼
우스웠던 일이 몸을 빌려 말을 한다
오래 몸속에 갇혔던 말을 한다
나직이 새어나오는 몸의 말을
나는 한 쪽 몸이 말을 듣지 않는 사람처럼

다 알아듣지 못해도 웃고
다 알아들을 수 없어서 한바탕 크게 웃는
나는 자꾸 슬픔 쪽으로 마음의 기울기가 기울고
그는 자꾸 말을 알아들을 수 없는 쪽으로 몸 기운다

조막만한 고요

갑자기 그것이 펼쳐졌다
오므린 꽃봉오리가 꽃잎을 쫘악 펼치는 동영상처럼
소복이 쌓인 눈 사르르 녹은 자리

찬바람 맞아 거뭇거뭇 타들어간 민들레꽃에 앉아
날개도 접지 않고 절명한 나비 한 마리

마지막으로 핀 그 꽃에
마지막 남은 힘으로 나비 날아들었을 때

가녀린 꽃대 아래 드리워진 검은 그림자
하얗게 지워준 눈
아직도 해끗해끗 담 그늘에 남았다

추운데 혼자서, 한 덩이 어둠이 녹을 때까지
조마조마 기다린 저 조막만한 땅, 이제사 잠들겠다

마지막까지 꽃 피워낸 마음
숨질 때까지 꽃향기 찾아온 마음
다시 조막만한 땅에게 전해줄 때까지

고요히 죽음을 맞겠다 겨울이다

절벽으로 지어진 집

하루는 친 모래를 이고 가파른 절벽을 올랐다 또 하루는 붉은 벽돌을 이고 가파른 절벽을 올랐다 숨이 헐떡헐떡 심장에서 다 쏟기고 나면 꿈이었다 축축한 땀을 닦으며 매일 가파른 절벽을 오르는

나의 집은 당신이었다 수만 갈래로 찢어지는 바람이었다 바람의 물살이 흔드는 초록 나뭇잎이었다 푸른 파도였다 일렁이는 그늘이었다 그늘 속에 길을 낸 협곡이었다 깊은 숨결이었다 가장 많이 흔들리는 가파른 마음이었다 펄럭펄럭 잎이 돋는

보이지 않는 마음의 내벽에 걸리는 붉은 아픔이었다 헐떡헐떡 저녁 공기를 털며 무작정 내 그늘에 앉아 붉은 심장 한 벌 축축하게 걸어두고 내려가는 당신이었다

2부

벚나무 흰 치마

흰 꽃을 머리에 인 벚나무 그늘 속,
할머니 네 분이 택시를 잡는다
와그르르 쟁강, 놋요강 굴러가는 소리가 난다
마침, 그늘을 나온 뽀얀 할머니 곁으로
택시가 미끄러지며 섰는데
할머니는 반가워서 그늘 속을 향해
얼른 오라고 손짓을 한다 와그르르 쟁강,
놋요강 굴러가는 소리 난다
벚나무 그늘에 화장지 깔고 앉았다가
일제히 일어서는 할머니들을 보자
택시는 부앙, 쏜살같이 내빼고
화장지 들고 맨살의 햇빛 쪽으로
허둥지둥 나왔던 할머니들
우야꼬 또 내뺐네, 뽀얗게 웃는다
처자들은 치마만 살포시 들쳐도
야 타, 야 타, 차들이 선다카더마는
돈 준다케도 안 서네 안 태워주네 웃는다
젤로 고븐 논실댁아 니가 치마를
치마를 한 번 들쳐, 벚나무 흰 꽃그늘 속
놋요강 굴러가는 소리 환한,

37

늙은 호박을 옮길 때

새 집 구경 가서 누런 호박 두 덩이 얻었다

남쪽 벽을 다 창으로 낸 새 집에는
새로 난 햇살을 처음 들이는 듯 은은했다

창 밖에는 올해 마지막으로 피우는 호박꽃이 눈부시고
늙은 호박잎이 거풀거렸다 바람도 없는데
누긋한 애호박이 툭, 흘러내리는 것이 보였다

점심 밥때가 훨씬 지나고도 새 집에서 나올 수가 없었는데,
새 집 주인은 자꾸 호박을 들고 가라며 웃었다

나는 해가 좀 더 누르스름하게 식기를 기다렸다

누런 호박을 들 수 있는 시간은
해가 쩔쩔 끓고 난 뒤
은은하게 잘 익은 시간이어야 할 것 같아서,

지는 해를 등지고 황금빛으로 빛나는 옆구리에
늙은 호박을 끼고 어머니가 오실 시간일 것 같아서,

어린 호박잎을 비벼 넣은 된장국 냄새가 날 것 같은
뉘엿한 저녁 시간이 오기를 즐겁게 기다렸다

나비

연이어 며칠 비가 와야 그것도
고추 모를 내고 고구마 순을 다 낸 뒤
머릿수건 풀어 엉덩이 흙을 툭툭 털어내는
해 다 진 시간쯤의 하루라야
촘촘한 열무밭이 다 솎아진 손 노는 하루쯤이라야,

물흙으로 논두렁 만들던 손을 누이고
논두렁 풀 매던 손을 누이고
호박 구덩이 오줌 내던 손을 누이고
고치처럼
배 쪽으로 몸을 말아 누운 어머니

오글오글 머리맡에 붙어서
우리 남매 오글오글 붙어 흰머리 뽑고
오글오글 붙어 허리 밟아드리고
오글오글 오지게도 붙어
팔다리 주무르는 비 오는 날

요 이뿐 내 새끼, 날 팔아 세상을 날겠지
요 아까운 내 새끼, 날 다 파먹고 세상으로 가겠지

나비가 되어 훨훨,

비가 오는데도 배춧잎 뒤엔 오글오글 알이 슬고
비가 오는데도 오글오글 봉숭아꽃은 피고
비가 오는데도 팔랑팔랑 나비가 앉는다

풋것

새들새들 옥상 스티로폼 텃밭
목마름이 가장 깊어지는 해질녘,

따박따박 계단을 밟고 옥상에 올라온 아버지가
밑을 내려다보며 엄마를 부른다 미정아,
내 이름을 같이 쓰는 엄마는 대답이 없다 미정아,
미정아 대답 없는 저 밑에서부터 구불구불 호스를 비틀며
쏴아쏴아! 올라오는 엄마의 대답

깨진 화분에서 쏟아진 흙을
엎드려 경배하듯, 두 손으로 소중히 쓸어담고
상추씨를 묻는다

내 마음 텃밭에 마른 흙을 붙잡고 있는 당신
내 마음 텃밭에 풋것을 파랗게 가꾸는 당신
다 타들어갈 줄 알면서 목마름에 기갈든 당신,

한발 오르다가 쉬고 또 한발 쉬다가 올라와
마른 빨래를 걷어간다
상추 잎을 따간다 탱탱해진 고추를 따간다

기갈든 텃밭에서 가꾼 풋것이
멀리 사는 가족을 한자리에 둘러앉힌다
막힌 땅을 걸어서 석양빛을 다 사루어낸
저 한 줌의 풋것을 무엇이라 불러야 하나

흠뻑 물을 먹은 옥상 텃밭 미정아,
엄마는 또 대답이 없다 저 밑을 향해 몇 번을 더 부른다
뚝, 물이 끊긴다 따박따박 옥상 계단을 올라오던
호스가 힘을 풀고 평상에 철퍼덕 앉는다

덩굴장미꽃담 정류소

　살을 건들고 지나가던 바람은 덩굴장미꽃담에 비스듬히 기대어 서 있습니다

　꽃은 담장을 따라가고 그 뒤에 꽃이 또 담장을 따라옵니다

　너무 고요하게, 맹렬히 꽃피고 있는 꽃밭은 담장 위 허공에 있습니다

　정류소 간판을 살짝 가린 백 겹의 꽃무늬를 열고 버스가 천천히 와 닿습니다

　천천히, 모든 것은 머무르며 닿고 떠나며 머무릅니다

　오늘은 백 겹 물결무늬를 입은 할머니 한 분이 닿았습니다

　온몸으로 가시밭길과 장미꽃밭길을 걸어

　모든 길은 저렇게 덩굴을 뻗으며 오고 덩굴을 뻗으며 갔습니다

　백 겹의 꽃무늬, 볼그레한 석양빛에 다 스며들듯,

　백 겹의 물결무늬, 온몸으로 아득하게 젖어들듯,

　비스듬히 기대 서 있던 바람이 버스를 타고 떠납니다

　일찍 바람을 탄 꽃잎이 떠납니다 백 겹의 발자국 소리가 붉게 퍼져나갑니다

　꽃 지는 소리, 아래로 버스는 살살 지나갑니다

　덩굴장미꽃담 정류소 의자에 꽃잎이 살며시 앉았습니다 할머니의 물결 소리가 스밉니다

세상 밖으로 아득하게 젖은 한 겹의 살이 환해집니다
누군가에게 제 어깨를 내어주어야 하는 시간입니다
백 겹의 꽃무늬가 열리는 덩굴장미꽃담 정류소,

새

읽던 시집을 엎어두고 찻물을 얹는 사이 새가 휙, 시집에
날아들었다 시집을 읽고 갔다 갇혀 있던 글자를 물고 갔다
그 짧은 순간 시도 한 줄 써놓고 갔다 시집 가득 눈부신 햇
살이 적혀 있다

새가 날아간 쪽으로 끓고 있는 단어 하나를 날려보낸다
침묵하고 있는 단어 하나를 날려보낸다 몸은 자유로우나
영혼이 자유롭지 못했던 당신이 다녀간다 영혼이 자유로우
나 몸이 자유롭지 못한 나를 다녀간다

끓인 물이 뜸드는 이삼 분 깃털처럼 가벼운 그 단어를 새
는 날개에 새긴다 시인은 영혼에 새긴다

차를 우리는 동안, 새는 햇살 한 페이지 펴진 볏가리에서
꽁지깃을 까딱거린다 통통통 경운기가 지나자 포르르 떼를
지어 난다 낮게 난다 빠르게 난다 감나무 가지 사이로 쏙쏙
박히듯 빨려들어간다 감나무 잎이 파닥인다

우려진 찻물 같은 당국화 멀티메일이 도착한다 햇살 소
복하게 앉은 감이 발그레 익는다 새가 날아오른다 환한 햇

살 속으로 나를 물고 간다 빠르게 시집을 읽고 간다 시집 위
에 그림자를 두고 간다 눈부신 소실점이 된다

해거름

창을 닫고
된장항아리 뚜껑을 덮는다

혼자 빨래를 걷어 빈집으로 든다

먼 데서 소가 운다
낮에도 울었는데 해거름에도 운다

울음소리 길게 끝이 짓물렀다

새끼를 잃은 어미의 울음이다,
여자는 혼잣말을 한다

홍진으로 애를 둘이나 놓친
그 여자의 애달프고 서느렇던

울음소리,

물을 틀어놓고 쭈그리고 앉아
나직하게 이름을 불러본다

눈두덩이 붉은 여자가
걸레를 빨아 눈두덩 꾹꾹 눌러 닦는
해거름이다

촛농치료

석고 붕대를 푼 손목을 촛농 녹인 물에 담그고

내 손이 촛농 가슴에 새겨지는 것을 본다

가슴에 손 담그는 순간부터 떨림은 목마름이 되고

목마름은 바깥이 되고 바깥은 항상 내 안에서

긴장을 거두지 않는 사유가 되곤 했었다

내 가슴에서 손을 거두어 가버린 순간에도

넣었다가 뺐다가 넣었다가 뺐다가 파문이 끊이지 않던
순간에도

나는 그를 내 마음에 새기는 중이었음을

내 손을 새기고 있는 촛농 녹인 물을 보며 안다

폴딱폴딱 보이지 않게 뛰던 맥박의 떨림을

실금 같은 주름무늬로 그려놓았다

마음속으로만 애달파하던 그에게서

이제 그만 손을 빼세요 물리치료사는 말한다

내 손을 새겼던 촛농의 가슴이 구겨졌다가 잠잠해진다

맑은 물처럼 아무 일이 없었던 것처럼

또 누군가를 새기며 가슴에 새긴 것을 풀어준다

3번 출구로 날아가는 민들레 홀씨

사람들이 물처럼 빠져나가고 중앙역에서 겨우 앉았다
맞은편에 앉은 얼굴 까만 외국인 노동자
눈이 마주치자 웃는다 나도 빙긋 답을 하는
그 사이로 솜털 하얀 풀씨 한 점
하르르 하르르 외국인 노동자의 손등에 사뿐 앉았다
그는 손등에 앉은 풀씨 소중하게 두 손으로 받더니
한참을 들여다보다가 내게로 후우, 불었다
마침 지상으로 올라온 지하철 창 밖은
햇빛이 소나기로 쏟아져 반짝반짝 눈부시다
더 눈부시게 내게로 날아오는 솜털 하얀 풀씨
얼른 두 손 모아 살포시 받았다
캄캄한 지하철 철로 어디에 뿌리를 내리겠다고
이 비좁고 고단한 지하철 객차에 몸을 실었을까
두 손으로 받은 풀씨를 들여다보고 있으니
이 풀씨는 벌써 내 마음 어딘가에 뿌리를 내린 것 같다
풀씨를 들여다보던 외국인 노동자의 마음에도
틀림없이 뿌리를 내렸으리라
바쁘게 지하철을 타며 오롯이 하루를 밀고 가는
저 모르는 한 사람, 한 사람이 민들레였음을 안다
안산역 3번 출구로 날아오르는 저 풀씨
자신만의 꽃을 피우러 각자의 출구로 빠져나간다

숨

　생나무를 할 때 아버지는 나무에 호흡을 전하듯 알아듣
지 못할 말을 하셨다 버들피리를 만들 때 버들강아지 적게
핀 생가지를 골라 낫을 댈 때도 아버지는 버드나무에 호흡
을 전하듯 웅얼웅얼 무슨 말인가 하셨다 버들개지 몽실몽
실 날리는 봄날 음악은 어데서 살겠노? 노래는 어데서 살겠
노? 말캉 다 구멍 속에서 산다카이, 아버지는 연둣빛 버들
피리를 부는 것도 구멍 속으로 살아 있는 내 호흡을 전하는
것이라고 하셨다 날숨을 들숨에 바치고 들숨을 날숨에 바
쳐 들이쉬고 내쉬는 숨을 천천히 읽는 것이라고 하셨다 사
는 일이 숨 돌릴 겨를도 없이 바쁘다는 생각이 들 때 숨통
이 막혀 코에 바람이라도 넣어야 살겠다는 생각이 들 때면
구멍이 있어야 살지 음악은 어데서 살겠노? 노래는 어데서
살겠노? 말캉 다 구멍 속에서 산다카이, 빙긋 웃음이 도는
아버지 말씀 연둣빛 버들가지 속 구멍을 틔우고 버들피리
를 불고 싶은 봄날은 숨을 숨에 바치기도 한다

모래의 책*

그 중 한 페이지를 넘기면
당신이 나를 업고 모래사장沙場을 걸어간다
한 발 두 발 푹푹 발이 빠진다
이렇게 발 푹푹 빠지는 웅덩이 같은 시간을
이렇게 무겁게 휜 등짐 같은 계절을 업고
당신이 간다
푹푹 파인 무수한 발자국 위에
뚜렷하게 당신 발자국을 찍으며 간다
모래가 덮이는 발자국
떨림이 되어 스미는 발자국
내 등에 업힌 너의 무게는
깃털이 되어 가볍게 날아가는 무게지
두 발 푹푹 무겁게 빠지는 모래의 무게지
반은 날숨으로 반은 울음으로
가늘게 울리던 당신 목소리가
당신 등을 타고 내 가슴으로 전해진다
내가 당신에게 막막한 무거움일 줄을
당신에게 업혀보지 않고 어찌 알았겠는가
아득히 멀던 당신의 무게도
당신이 나를 업었던 한 페이지에 남아

점점 가벼워졌을까

나를 업은 당신이 푹푹 두 발 빠지며

모래사장沙場을 걸어간다

*보르헤스 ― 그 어떤 페이지도 첫 페이지가 될 수 없고 어떤 페이지도 마지
막 페이지가 될 수 없다.

벙어리 아주머니

링거 주사를 맞는 내 침대 옆에
벙어리 아주머니가 실려왔다

꺽— 꺽— 알아들을 수 없는 말을 하며
가슴을 치며 손을 휘저었다
꺽— 꺽— 눈물을 흘리며 울었다
그 곁에서 아저씨가
벙어리 아주머니의 두 손을 꼭 잡아주었다
아기를 재우듯 가슴을 톡톡 다독여주었다

왜 이렇게 많이 마셨느냐
뭐가 그렇게 속상하더냐 아저씨가 물었다
당신 마음 몰라주어서 미안하다
아저씨가 대답했다
둘이 고개를 끄덕이며 벙시레— 웃었다

그들 곁에서 혼자 벙어리 아주머니가 되어
아저씨가 묻는 말에 대답을 다했던 나는
억눌렸던 말과 참았던 말을 다했던 나는
그들과 눈이 마주치자

늦게 피워올린 꽃송이같이
벙긋 얼굴을 펼쳤던 것인데 눈물이 났다

서로 알아들을 수 없는 말만 쏟아내는
그대와 나는 진짜 벙어리,
웃고 달래며 걱정하는
저 알아들을 수 없는 이야기를
저들은 서로 너무 잘 알아듣는 이야기를
두 귀 쫑긋 세워 들으며 혼자 울었다

달빛을 듣다

한 손으론 애인의 손을 잡고 다른 한 손으론 연밥을 따려고 팔을 뻗었다 연밥은 손에 닿을 듯 당겨지지 않는 거리에서 아스라했다

같이 물에 발목 담그던 일과 같이 눈을 감고 바람의 결을 만지던 일들,

나뭇잎 위의 달빛 파르라니 미끄러지며 급물살로 번져와 햇빛을 가리던 대발에 죽죽 빗금을 치고 있다

지겹도록 한쪽 얼굴만 보여주는 달이 지겹도록 한쪽 마음 끄트머리에만 앉아 있는 애인처럼 물끄러미,

뜨거운 팔월 염천에 애인과 손잡고 거니는 꿈이라니, 달을 가리며 구름이 빠르게 지나간다

소나기로 불어난 붉은 강물이 흘러가듯 푸른 달빛이 넘치게 흘러간다 물끄러미 바라보는

창밖에는 연밭이 생겨나 애인의 손을 잡고 연밥을 딴다

58

파르라니 종소리가 나는 연밥을 들고 닿을 듯 닿을 듯 아스
라이 내려오는 달빛의 소리를 다 듣는다

지옥문 사진

지옥문 앞에서 아줌마들이 웃고 있는 사진*을 본다
로댕은 이 지옥의 문을 만들 때
단테 신곡을 바지 호주머니에 넣고는
작업하다가 막힐 때마다 꺼내 읽었다고 한다
책이 너덜너덜하도록 읽고 만들고 읽고 부수며
수백 점의 데생을 그리고 그리며
너덜너덜 읽었다고 한다
그런 지옥문 사진을 본다
우리나라에서는 참 익숙한 단어 지옥,
나쁜 짓에는 무조건 달라붙던 단어 지옥
입술에서 입술로 반복되어
지은 죄도 없이 죄의식에 잡혀 몸 떨게 하던
그런 지옥을 담은 사진을 가만히 본다
너덜너덜 교과서와 참고서가 닳도록
수능이라는 지옥문을 통과한 아들과
너덜너덜 면접과 자격증이 닳도록
취업이라는 지옥문을 통과한 딸과
불경기에도 용케 직장에 착 달라붙어 있는 남편
우린 지금 어느 지옥을 통과하는 중일까?
이제 겨우 지옥문을 통과하기 시작한

아들딸은 또 어떤 지옥을 보고 있는 중일까?
지옥문 앞을 턱 가로막고 사진을 찍은
아줌마들은 자식 뒷바라지도 집안 살림도
시집살이라는 지옥문도 잘 통과한 것 같다
아줌마들, 모두 지옥문 앞에서 웃고 있다

* 김상길 사진 〈미술관 투어 동호회〉.

올해 첫 돈이라는 말

주인을 기다리는 순한 짐승처럼
작업복을 입은 채로 서성이는 인부들

종일 그라인더로 벽을 갈고 모래질통을 메고
벽돌을 옮기고 시멘트를 갰던 사람들

모두,
멀리는 가지 않고 봉고차 옆에서

손바닥이 빨간 반코팅 면장갑을 벗고
작업복 지퍼로 가슴 정중앙을 개복開腹하고
허리를 반으로 접어 작업화 끈을 푼다

아직 옷을 다 벗지는 않고 반쯤만
아직 신발끈을 다 풀지는 않고 반쯤만

손바닥이 빨개지도록 툭툭 먼지를 털고
개복開腹한 배에서 꺼낸 속옷 밑단으로
볕에 익은 붉은 얼굴을 닦으며

고생 많았습니다 하며 건네는
돈봉투를 두 손으로 받는다 순한 짐승처럼

사월인데, 올해 첫 돈봉투라며
쪼옥, 소리가 나게 뽀뽀를 하는 사람들

모두가 다 만개한 꽃처럼 웃는다
사월인데 첫 돈봉투인 두껍고 빨간 손바닥

바깥등을 환하게 내건 붉은 삼겹살집으로
다 스미고 없다 눈가가 붉은 노을,
사월이라 첫 꽃망울이 벚나무 가지에서 붉다

3부

보름달이 뜬 봄밤

이런 말을 했더란다
우리가 일생을 사는 동안
보름달이 뜬 날은 몇 번이나 될까
그 보름달이 뜬 날
하필이면 꽃이 만발한 날은 또 몇 번이나 될까
보름달이 떴고 봄날이고 꽃이 피고 있어,
그런 봄날을 맞이한다면 당신은 무엇을 하고 싶어?
당신이 물었더란다
우리가 일생을 사는 일 년 동안
봄의 계절은 한 번이고
보름달이 뜰 확률은 어쩌면 두 번,
그 밤을 온전히 우리 것으로 맞이할 날이 온다면
불을 끕니다 나는 대답했더란다
달빛 아래서 한 올의 인위도 없이 나를 드러내놓고
고요하게 보름달을 읽을 거야
당신이 말했더란다
보름달이 떴고 봄날이고 꽃이 피고 있는 밤이면,
불을 끄고 꽃이 피는 것을 볼 거야
내가 말했더란다

자결한 꽃

스스로 목을 베고 자결한 꽃을 보러갔다

꽃나무는 눈을 내리감고 제 발등에 펼쳐진 고요를 보고
있었다

한 걸음 꽃그늘을 디딜 때마다 붉은 고요가 피었다가 사
그라졌다

꽃을 밟고는 못 건너가겠다고 딸아이는 쪼그리고 앉아
꽃송이를 하나하나 주워올렸다

꽃을 올린 두 손바닥은 오므린 꽃잎이 막 벌어지는 꽃 한
송이

꽃향기가 손금을 따라 붉게 번지고 고이고

앞으로 갈 수도 뒤로 물러설 수도 없는 나의 시간이 고요
속에 앉고

바닥도 없이 층층이 바닥이었던 나의 붉은 시간도 앉아

웃음도 뎅컹, 울음도 뎅컹, 스스로 목을 베고 자결한 꽃송
이를 주워들었다

눈부신 바닥의 암흑만을 딸에게 주게 될까봐 나는 두려
운데

밟을 수 없는 꽃송이 하나하나 나란히 줄 세우고 붉게 내
린 고요를 건너오는 딸

눈앞엔 바닥이 없는 붉은 고요만 가득하다

홍진紅塵

홍진을 앓던 아이가 탈진하여 맥없이 누웠을 때

다 잡혀먹고 마지막 남은 반지

배냇저고리에 무명실로 달아놓은 걸 찾느라 미친 번갯불
처럼 울며 온 서랍을 다 뒤져

병원으로 뛰어갔던 시절이, 짝짝이 신발을 끌고 갔던 시
절이, 그 신발 한 짝마저 잃어버린 시절이,

홍진의 세상 같은데

찾지도 못하고 아주 잃어버린 것들을 주렁주렁 달고 여
기 태백 스키장 왔는데, 전당포가 많다

누가 또 홍진을 앓는 아이를 둔 어미처럼 목숨값을 치르
고 소금처럼 짜게 살고 있는 모양이라고

쯧쯧, 혀를 차며 내가 맡기고 찾아오지 못한 것들을 손가
락 꼽아보는데

몇 만 원의 돈으로 목숨 파는 것을 멈추지 못하는 이곳이
홍진이라 한다

　나를 맡기고 야곰야곰 나를 파먹는 이곳이,

　자신을 온전히 다 맡기지 않고서는 건널 수가 없는 이곳
이 홍진이라 한다

절대로 도망가지 않음

사초莎草를 하며 산소를 돌아보고 오다가 논둑에 세워져 있는
국제결혼, 절대로 도망가지 않음 현수막 보았다

깡촌 구석까지 들어와 논둑에 꽉 박아놓은 저 여자는
절대로 도망가지 못하게 어릴 때부터 발목을 묶어 전족을 한 여자

긴 곰방대로 마룻바닥을 한 번 탕 치면
어느새 그 방 앞에서 다소곳 손을 모으고 고개 숙이고 서 있던
혹독한 시집살이의 고모 같은

초등교육 채 끝마치지 못한 그 여자 얼굴 딱 한 번 보고
일본으로 시집갔다가 맞고 맞고 맞아도
절대로 도망갈 수 없어 뼛가루로 돌아온 친구 같은,

절대로 도망을 가지 않을 사람이 가슴에 칼금을 긋듯 논을 간다
절대로 도망가지 않음 현수막 그림자 저릿하게 흔들린다

어떤 축문

못물 수위 조금씩 낮아질 때마다
동네 사람들 양동이 들고 가서 고둥을 주워오고
낚싯대 들고 가서 붕어를 낚아오고
고둥을 삶아먹고 붕어를 찜해먹고
못물 수위 더 낮아질수록 양동이는 가득 차서
휘파람을 불며 가난한 사람도 부자인 사람도
고둥을 삶아먹고 붕어를 찜해먹고
물 다 빠진 못에는 자동차가 한 대
달리고 있었다지 동네 사람들
잡았던 붕어를 못에 돌려주고
주웠던 고둥을 못에 돌려주고
죽도록 사랑한 두 사람 꼭꼭 숨겨준 못에
향불을 올렸다지 살아서 사랑을 하지
태양이 닿는 모든 곳에서 사랑을 하지
두 사람 꼭꼭 숨겨준 못에 향불을 올렸다지
동네 사람들 모두 속을 게워내고
바람에게도 그림자에게도 향불을 올렸다지

불타는 악보

그날 저녁은
생가지 타는 연기가 가슴에서 일어
눈이 매웠다
당신이 마지막으로 보내온
이메일에는 악보가 불타고 있었다
바람 속으로
첼로 선율이 뜨겁게 날아가고 있었다
당신의 마음이었다고 생각했지만
당신을 보내지 못한 내 마음임을 알았다
악보가 불타는 동안
미움이 남았으면 다 태워달라는
주문 같기도 했다
인생은 불타는 악보처럼 연주해야 한다고
노래는 자유롭게 놓아주어야 한다고
불이 닿은 악보는
붉게 번지다가 검게 날렸다
노을 속으로 스몄다
소리를 놓아주며 바람이 되고 있는 악보
사랑으로 불타고 있다고
내 마음을 보여주고 싶다고

가슴을 퍽퍽 치면서 말하던 당신은
내 마음의 어디에서 불타고 있나
매운 연기가 일어
눈이 오래 매운 것이
불타는 악보 때문만은 아니었다

있다고 간신히 말하는

모래주머니를 안은 남자가
뛰어가고 뛰어오고
아빠 힘내세요 목소리가 꽃피고
손을 흔들고

운동장 트랙에는
아직 오지 않은 환경미화원 시험지가 있고
뛰면서 발로 써내려갈 답이 있고
콩닥콩닥 뛰어넘을 결승 지점이 있고

남자는 오늘
속도를 따라잡지 못하고 넘어졌다

응원하던 아이는 울며
남자의 얼굴에 흐르는 땀을 닦아주고
괜찮아 괜찮아 남자는 울며
아이의 얼굴에 흐르는 눈물을 닦아주고

둘의 손바닥에 펼쳐진 짓무른 눈물
둘이 껴안으며 파놓은 짙은 그림자

서로의 표정에 따라
울음과 웃음이 펼쳐졌다 접었다를 반복하는
저 햇살 가득한 그림자 속에
있다고 말하기 어려운 것들
있다고 말하고 싶은 어려운 것들

욕

그때 누가
울어도 됩니다 하고 말해줬더라면
그냥 울어도 됩니다 이렇게 말해줬더라면,

그때 누가
우는 등을 쓸어줬더라면
힘들었지요 우는 등을 쓸어줬더라면,

어른이 된 당신이
고맙습니다 덕분입니다 어깨를 꼭 안아줬더라면,

아마도 욕을 안 했을지도 몰라요
세상의 욕이란 욕 다 듣고 와서
세상을 향해 퍼붓지 않았을지도 몰라요
당신을 향해 퍼붓지 않았을지도 몰라요

코로나로 면회가 안 되는 요양병원에
간식을 넣으며 창문으로 노모를 보고 온 날,

노모가 한다는 찰진 욕을 생각하며 울었다

그 욕이 날품으로 살아낸 노모의 울음 같아서
서른 청상의 몸으로 다섯 자식 겨우 키워낸
노모의 피울음 같아서

또 다른 순간을 지나가고 있다

세상을 열었던 귀가 이제 문을 닫았을까
몸이 닫힐 때
가장 마지막까지 열려 있는 게 귀라지요
아직 온기가 조금 남아 있는 손을 꼭 잡고
조금씩 지워지는 온기에 대고
고맙다 사랑한다,
말은 사라지고 목소리는 자꾸 울음소리가 된다
누가 알겠나 마지막으로 귀를 닫을 때
사랑한다 속삭인 내 말이 귓속으로 흘러
환한 빛으로 당신 마음에 담겼을지

방금 끓인 쑥국 한 그릇 떠놓고
당신이 제일 좋아하던 국인데,
모락모락 피어오르는 마음이
매순간 순간순간을 쉽게 지나가지 못해서
말이 사라지고 목소리가 자꾸 울음소리로 변한다
정말 좋아해서 좋아한다 말했겠는지
그 말에 묻어 있는 헐벗은 서러움을 만지며
지금 가진 게 쑥국이고 지금 가진 게 오늘뿐인 울음

사라지고 있지만 끝까지 사라진 것은 아닌
순간이 지나면 또 다른 순간이 오는 것처럼
몸이 없는 당신이 순간순간 나를 살고
오르막을 힘겹게 올라오는 덤프트럭에
산을 푹 떠서 지우는 포클레인처럼
자꾸 당신이라는 산을 지운다
지운 마음엔 발이 걸려 넘어지는 내가 있고
당신에게 넘어진 내가 있고
창밖에는 벚꽃이 벚나무를 지운다 나는
내가 만든 내 그림자에게 잡아먹히는 중이다

입맛

선거 운동하는 후보들 연설을 들으며
무 하나로 서른 가지 반찬을 만들 수 있었지
어머니 말씀은 너무 가난했던
가계家計가 무료로 준 지혜였겠다
반찬 종류에 따라 무는 다르게
썰린다 깍뚝깍뚝 납작납작
무 하나 채 썰어 무밥을 짓네
어떤 음식은 외롭고
어떤 음식은 애써 맛을 지우며 단단해지지
먹으면 몸살이 꼭 나을 것 같았던 국밥,
일어나야지 힘 차려야지 나를 일으키던 미역국,
음식이 내는 맛이 길을 내고 그 길이 맛들어
입맛을 잃었을 땐 초무침을
밥맛을 잃었을 땐 방아잎 넣은 된장찌개를
무치고 끓여냈더니
집밥 맛이 없다 투박하다 투덜투덜
왜 그럴까 묻는데 대뜸
감언이설 넣지 않으니 맛이 없지
어머니 말씀은
까다로운 세상의 풍파가 무료로 준 맛

또 한 사나흘 바깥음식 물리면

집밥 달랄 건데

사람들이 감언이설 없는 연설을 싫어할 거라며

어머니 TV 채널을 돌리네

아이러니한 코로나

그것이 발자국 없이 다가와 빠르게 번질 때
무거운 공기는 아이러니가 되었지
열 개의 아이러니는 백 개의 해석 천 개의 세상

입을 닫고 대문을 닫고 이웃을 닫고 거리를 닫고
그것이 기침을 하면 폐렴이 오고 시체가 쌓이고

살아남은 사람들은 스스로 가택연금家宅軟禁을 했어
감금한 주택 속엔 수많은 학교
수많은 식당 수많은 직장이 생겼지
느린 수업 느린 식당 느린 일꾼
빨리빨리라는 말이 점점 사라지기 시작했어

길어진 불안은 상상력으로 치환했지
그것이 불어날수록 죽음의 숫자로 환치될수록

물을 급하게 먹으면 물이 코로나, 와
아 이 아름다운 향기가 코로나,
먹기만 해서 확, 찐자가 됐어
가장 안전한 은유는 해독 불가의 이불 밑이라며

어디서나 복면가왕의 모습으로 웃었어

더 놀라운 건 살아남은 슬픔에 감사하는 것
작은 나눔을 감사하고
다른 사람을 위해 애쓰는 사람에게 감사하고
내 모든 행적이 샅샅이 밝혀져도 감사하고

보이지 않는 이것이 삶을 바꾸기 시작한 거야
이것은 방향이 바뀌는 태도에 관한 아이러니야

노래를 불렀어

하얀 꽃이 피고 지고 피고 지는
꽃밭이었지
처음엔 콧노래로 시작했어
중간쯤에서 콧날이 시큰거렸지

이 대목에선 같이 불러야 하는 거야
어깨에 손을 얹는 바람
꽃 진 그림자는
내 울음을 자꾸 덮어주었지
하염없이 밀려와서
하염없이 밀려가는 노래였어

여럿이 부른 노래였지만
혼자만의 노래였어
하얀 색의 노래
큰 목소리로 부르다가
꽃이 피는 것을 지켜보았지

피는 것은 왜 그리 아픈지
지는 것은 왜 그리도 아픈지

부르던 노랫소리 점점
작아지고 점점 더 작아졌어
아무도 모르게 노래 부른다는 것이
왜 그리도 아픈지
마침내 울음으로 변하는 노래였어

그대가 내 이마를 깊게 짚었다가
슬며시 손을 떼는 4월의 노래였어

체 내리는 집

체 내리는 집에 누워
체를 내리는 사람의 손가락에 집중하고 있었습니다

내가 가진 체는 오래 잠을 잘 수가 없었다고 말했습니다
내가 가진 체는 오래 먹을 수가 없었다고 말했습니다

체 내리는 사람의 손가락이 몸 이곳저곳을 만지고 눌렀
습니다
그러다가 체 내리는 사람의 손가락이 내 심장 근처에서

오래 오래 오래 멈추었습니다

체 내리는 집 하늘은 금시 흐리고 곧 비가 쏟아졌습니다

어쩌지 못한 사람도 있고 어쩌지 못한 시간도 있으니,
지나가는 말처럼 체 내리는 사람이 아무렇지도 않게 말
했습니다

그냥 흘러가보라고
체 내리는 집 빗물의 말을 들은 듯도 했습니다

마음의 주머니를 만들지 않겠다고는 말하지 못했습니다

가야금 줄에 꽃을 매단 사람

동판을 두들겨 꽃을 만든
당신이 가야금 열두 줄에 음표처럼
꽃을 매달아두었다
말을 할 줄 모르는 당신이
오장을 퍼내고 육부를 퍼내고
빈 가슴으로 빙그레 웃는 웃음이
저 가야금이 울었던 소리였을지도 모른다
궁박한 마음이 굴곡을 지어
스스로 울어서 얻은 집 한 채
아픈 마음을 스스로 두들겨야
소리를 얻는다는 것을
당신은 이미 알았던 것
서른 날을 두들겨 한 송이
일 년을 두들겨 열두 송이
저렇게 아픈 꽃을 가야금 줄에 피웠으니
복받친 꽃향기 파도처럼 피는 것을
당신 혼자 눈감고 보았으리라

숨결이라 불리는 시간

그래서 하루 종일 바람 소리에 귀를 댔다
매일 내 이름을 불렀다는 목소리를
어쩌면 내가 알아들을 수 있을지도 몰라,
무궁화꽃 돌돌 풀어 꽃 피우는 것이
나를 부르는 당신 목소리일까
하필 내 발끝에 떨어지는 쥐똥나무 까만 열매가
나를 부르는 당신 목소리일까
어떤 시간은 나의 전부를 밀고가야만
나에게로 온다
내 눈빛에 내 귀에 끝없이 내 마음에 닿는
숨결이라 이름 불리는 시간
한 호흡이 끊어져 침묵으로 오고
한 침묵이 삭아져 숨결로 오는
이 모든 것은 이곳의 삶
고단할 때도 아플 때도
흘러나오는 내 노래는 울음
내 몸 어디에 스몄다가 노래로 나오나
내 뼈 어디에 맺혔다가 눈물로 나오나
내 숨결이 되었다는 지극한 당신
아직도 내 이름을 부르는가 멈추었는가
하루 종일 바람 소리에 귀를 댔다

4부

돌부처

산비둘기 울음소리로 그늘을 지은 얼굴에서
입이 사라지기 시작했을 때
나는 기도를 했네 나에게
어떤 마음도 생기지 않게 해달라고
나를 비집고 들어갈 수 없는 시간이 되게 해달라고
당신이 산비둘기 울음소리를 몸속에 가두고
한나절 내내 비손한 비밀을
나는 영영 궁금해하지 않아야지
눈코입 다 문드러진 당신을
꿈벅꿈벅 자신도 몰라보는 당신을
아직은 나의 풍경 속에 남겨둬야지
잠시도 우리 것이 되지 못한 시간,
비손하던 당신의 침묵은 간신히 당신의 것
당신이 사무치게 살았던 찰나의 시간이
산비둘기 피울음을 헤치고
얼굴에 웃음 한 줄 다정하게 얹은
당신의 숨결은 아직 붉네

백 일

멀리서 볼 때 한 그루 아름다운 꽃나무였던 백일홍나무가
가까이서 보니 지는 꽃이 있고 막 피는 꽃이 있고 피어
있는 꽃이 있고 막 지려는 꽃이 있고 몽우리 벌어진 꽃이 있
고 떨어지는 꽃이 있다

한 송이가 지면 한 송이를 피우고 또 한 송이가 지면 또
한 송이가 꽃을 피워서 백 일 동안이나 붉은 꽃나무가 되었
다는 것인데

백일홍나무는 꽃이 피는 백 일 동안 매일매일 온몸으로
기도하는 나무가 되었구나 하는 생각이 드는 거다

백 일이라는 시간을 마음에 들이는 것은 사랑한다는 말
을 끊임없이 하는 것 같고 잘 살자는 말을 끊임없이 하는 것
같고

백일홍나무 뿌리를 달여 먹이며 백일해 기침을 잠재웠다
는 기도나 백 일 동안 건강하게 잘 자란 것을 축하하는 기
도나 병고 없기를 바라고 합격을 바라는 기도가

무슨 일이든 백 일을 견딜 수 있으면 못 할 일이 없다는 것 같고 백 일 동안 꾸준하면 새로운 자신을 얻는다는 것도 같은데

실은 백일홍나무의 꽃처럼 사그라지려는 마음을 피우고 피워서 사랑한다는 말을 피우고 피워서 간절하게 문장을 완성하는 것일지도 모른다

버린 밥

식구들이 먹다 남은 밥에
국물 떠먹은 숟가락 자국이 붉게 남았다
붉은 자국은 밥심을 낸 눈물 자국 같다

밥을 버리면 죽어 지옥에 가서
버린 밥을 다 먹어야 하는 벌을 받는다고 했는데
붉은 숟가락 자국이 남은 밥을 버리며
나는 지옥에 가고
배고픈 벌을 받아서 음식물 쓰레기통을 뒤지고
내가 버린 밥을 찾아 아귀아귀 긁어먹는다

밥을 버릴 때마다 끈질기게 나를 따라와서
밥그릇에 소복이 참꽃을 담아
한 송이 한 송이 진지하게 들어올리던
가냘픈 손가락의 눈물꽃 같은 붉은 꽃밥이
내 지옥이었을까

입술에서 꽃이 피고 입 속에서 꽃이 피고
끝내 눈물이 되던 김 오르는 하얀 쌀밥처럼
그 어린 춘궁의 천진이

내 몸에 꽃을 새기고 내 뼈에 눈물을 새겨
지금까지 내 목숨을 이어주었을까

음식물 쓰레기통 속의 지독한 냄새처럼
나는 또 얼마나 지독하게 살아남을 것인지
냄새나는 뚜껑을 탁, 닫지만
아직도 밥이 제일 무서운 시절이다

상여꽃

꽃 만드는 손재주가 좋다고 해서
그 집 아래채 골방에서 상여꽃을 만들었다
죽은 사람 이야기를 하며 울다가 웃다가
꽃송이같이 둥글게 앉아 만들었다
죽음이 이렇게 고와도 되능가 몰라,
꽃잎 끝을 예쁘게 말면 손가락에 붉은 물이 들고
종이가 딸려오지 않는다고 손가락에 자꾸 침을 발랐던
할머니는 혼자 입술이 빨갛게 물이 들고
입술이 볼그레 예뻐서 시집가도 되겠심니더,
농이 왔다갔다 할 때, 이제 나도 시집갈 때가 되얐지,
꽃 가장자리 말아올리듯 할머니 웃으실 때,
내 눈물이 꽃송이에 떨어져 방울방울 색을 입었다
빨강 꽃종이를 만지면 빨강물이 들고
노랑 꽃종이를 만지면 노랑물이 들던 그때,
마당에선 밤새도록 환하게 해가 지지 않고
찔끔찔끔 지리는 여우비처럼 상주도 찔끔찔끔 울어
가만히 타오르던 호롱불이 일렁이면
죽은 사람이 잠시 다녀가셨다며 심지를 올리고
기름을 붓고 상여꽃을 만들던 사람들은
죽은 사람처럼 입을 벌리고 잤다

벌린 입에 모두 생쌀을 한 숟가락씩 물지는 못했어도
새벽부터 황토 흙을 이겨 만든 아궁이에
무쇠솥이 걸리고 무쇠솥 뚜껑이 걸리고
불이 붙고 펄펄 끓는 김이 나고 지짐을 굽고
떡메를 치는 사람들 일하는 모습엔
덩실덩실 춤이 실려 잔치도 이런 잔치가 없었다

연애

살아보지도 않은 이천년의 달빛을 밟고 한 번은 당신이 오고 한 번은 내가 오는 사이라 하여 우는 마음을 데리고 물가에 앉아

그윽한 세계란 한 번 와서 한 번 가는 세계 한 번 가서 영영 오지 않는 세계

한 번은 연둣빛 봄비로 오고 한 번은 봄비 스민 봄꽃으로 와 어렵게 만난 이 봄날을 기다리는 시절,

살아보지도 않은 이천년의 달빛과 샛바람 많은 음력 이월의 짧은 만남을 스쳐가는 사이라 하여 울 수가 없는 마음을 데리고 물가에 앉아

번쩍 하늘을 찢어내는 순간에 봄날은 계속되고 번쩍 한 번의 섬광에 살갗을 찢는 봄꽃은 계속되고

쉰 번째 만나고 헤어져서도 영영 오지 않는 쪽은 당신이어서 우리의 연애는 푸르스름한 저녁 물 위에 어리는 안개라

잔주름 많은 마음을 펼쳐 살아보지도 않은 이천년의 달빛을 하염없이 끌어안은 여기는 가지도 오지도 않는

　단 하나의 세계, 그윽한 마주침으로 곧 사라질 물빛에 모두가 젖고 새로 돋아날 울음으로 모두가 우는 곳

묶인 새*

어쩌다가, 저 새는 가녀린 제 목을 묶었을까요 묶은 줄에 돌을 매달았을까요 가지런히 두 발을 모으고 돌의 무거움으로 자신을 묶은 저 새는 자목련 그늘 같은 저녁 어스름을 붉게 바라보는 저 새는 비비비쫑쫑 빛나는 메아리 한 줄 긋지 않는 저 새는 다소곳이 앉아 어둔 적막에 길게 목을 뽑은 저 새는 푸드득 날개를 펼치고 재빠르게 날아갈 자신의 가벼움을 꾹꾹 견디는 중일까요 나는 새가 가졌던 묶인 울음을 데리고 창가에 앉아요 묶인 새를 풀어주고 새장 속에 가만히 앉아요 돌에 묶였던 무거운 울음을 가슴에 가두고 가만히 앉아요 새장에 가두고도 견딜 수 없어서 돌을 매단 사람을 생각하며 가만히 울어요 가지 마 가지 마 불안한 마음이 목을 묶었을까요 사라질까봐 두려워서 돌을 매달았을까요 묶인 새를 생각하며 가만히 울어요 새의 울음을 빌려 내가 울어요 당신의 무거움에 나도 묶이고 싶었을까요 당신에게 묶이며 나는 당신을 묶었을까요

*이중섭 그림.

차를 우리는 동안

물을 끓여서 뜸을 들여서 찻잎을 넣고 기다리는 동안, 소
낙비와 바람과 흙마당이 만들어놓은 그늘이 꽃담까지 빠르
게 번지는 동안, 사네 안 사네 머릿속 들끓었던 온갖 소음
이 거두절미하고 짧은 하나의 냄새를 갖는 동안,

　― 그래 그럼 헤어지면 되겠네

소낙비와 바람과 흙마당과 마주 앉아 차를 우리는 동안,
딱딱하고 무거운 당신의 침묵을 잠깐 생각해보는 동안, 훌
훌 떨쳐버리고 떠날 수도 없는 이 짠한 시간 동안,

　― 그래 그럼 헤어지지 말면 되겠네

다시 뜨거운 땡볕이 혀를 날름거리며 모시 발을 들추는
동안, 처마 끝 풍경이 가늘게 인 바람을 날로 먹어 고요한
수면에 번진 둥근 파문 같은 소리를 한 번 피우는 동안, 눈
에 고였던 물기가 목구멍으로 붉게 빨려 들어가는 동안,

　― 사네 못 사네 하는 이 날들도 따지고 보면 다시 오지
않을 날들이네 두 번 못 올 날들이네

수국 꽃다발

테이블 위에 수국 꽃다발 두 개,
갑자기 테이블은 봉긋한 깊이를 가지고 침묵한다

꽃을 쓰다듬는 눈동자가 생기고
손가락이 생기고 설레는 두 손이 뻗어나왔다

사랑스런 여인의 가슴을 만지듯
둥그레 꽃을 만져보는 남자,

유방암 예방으로 브래지어를 풀고 자는
아내 젖가슴 생각이 났다는 거다
자다보면 젖무덤에 손이 가 있다는 거다
말다툼이 줄었다는 거다
뾰족하던 감정도 무뎌졌다는 거다
무엇보다 마음이 순해져 일상이 평온해졌다는 거다

그러니 저 둥근 꽃숭어리 속에
무엇이 들었는지 궁금한 게 맞다,

밤마다 내 가슴 위에 얹혀 있던 당신의 손도

우리의 뾰족뾰족 거친 것을 혼자 풀었다는 것

수국 꽃다발처럼 내가 가진 침묵 속엔
당신을 열고 설레게 한 부드러운 암호가 있다는 것,

색을 쓰다

겨울에서 봄 쪽으로 비 내린다 고요한 물살 흐른다 소리 없이 서로 몸 섞는다 은밀하게 받아들인다 구석구석 어루 만져준다 핥아준다 잠시 떴다 간 초승달 가는 눈썹을 딛고 사각사각 댓잎 초록을 걷는다 귀 닳은 산사 돌계단을 내려 와 저녁이 다 되어서야 범종 곁에 다다른다 드디어 종이 운 다 주름 많은 종소리 은은하게 흐른다 흘러간다 땅으로 스 민다 저녁을 싸안은 물과 주름 깊은 둥근 종소리가 몸 섞는 다 한몸으로 흐른다 흘러간다 망울진 홍매화 속으로 빨려 든다 가장 먼 곳의 종소리와 가장 먼 곳의 빗소리가 은은하 게 꽃잎에 스민다 붉은 색으로 쟁여진다 얇은 어스름이 짙 어진다 종소리도 빗소리도 붉은 꽃잎을 찍어내고 어스름 속에서 아득하다

간절곶에서

나는 어떤 그리움을 두 손으로 받아서, 놓지도 움켜쥐지도 못하는 펄럭이는 마음 한 자락을 가지게 되었을까요.

펄럭임은 서로 다른 속도로 서로 다르게 떠는 이름이 되었습니다.
가장 가까운 데서 가장 먼 데까지 수많은 날짜와 시간 속으로 빨려들어가
내 안에서 설렘으로 떨고 있는 이름이 되었습니다.
보내고 맞이한 이름들이 가지고 있는 서로 다른 안과 바깥의 거리, 그 떨림의 파동

그 어느 지점에 뜨거운 심장이 녹아 간절해진 간절곶이 있는 걸까요?
그 어느 지점에 사무친 설렘을 새긴 간절한 마음이 있는 걸까요?

겨우 한 자락의 얇은 햇살이 한 아름의 두꺼운 어둠을 고스란히 받아내는 새벽입니다.

두 손으로 받았던 당신의 펄럭이는 마음 한 자락이 나에겐 간절한 간절곶이었습니다.

저녁

자귀나무가 다소곳이 잎을 모으고
목구멍으로 올라오는 뜨거움 정도는 서너 번 삼킬 줄도
아는 사람처럼
살풋, 고개를 숙이고 저녁을 맞이하는 것을 보았다

어둠살이 번지는 오래된 골목에서 아이를 불러들이는 둥
근 목소리처럼
짓무른 저녁 쪽에 더 깊은 뿌리를 박아 눈이 어두워질 때
까지
아이들 이름을 부르며 오래오래 살고 있는 것 같은,

눈가의 붉은 자리는 애써 피해서 지나가는 듯
낮은 숨소리 같은 볼그레한 자귀꽃이 조금 흔들렸다

공손히 해가 서쪽으로 지고나면 나에게도 둥근 목소리의
저녁이 와서
내가 불러들여야 하는 산초 열매 같은 새까만 눈의 아이
들과
나를 흔들며 내 마음 깊이 뿌리를 내린 당신의 사랑,

서로가 서로에게 짓무른 저녁이 와서 다다를 수 없는 가
파름이 있고
수많은 갈래로 몸을 바꾸며 지나는 흔들림이 있다

자귀나무 잎처럼 다소곳이 손을 모으고 볼그레한 자귀꽃
흔들리는 어둠살이 번져와도 끝내 당신에게로 완전히 되
돌아갈 수 없는
잔잔한 흔들림과 떨림은 내 가슴에 남아 있다

배바위*

자신의 배를 가른 바위가 있다
배를 가르고 꺼낸 울음소리에 배를 묶은 바위가 있다
저 허공에다 배를 매고 허공을 밀고 간 바위, 어디로 배
저어갔을까
육신의 눈으론 보이지 않는 뱃길

산 정상에서 배를 밀어보기는 처음이라 쩍 갈라진 배바
위의 배를 먼저 쓸어본다
뒤뚱뒤뚱 울음을 안고 배를 밀어야 하나 내가 알고 있는
모든 울음을 다 쏟아내고 배를 밀어야 하나

스스로 자신의 배를 가른 마음이라면, 저 산꼭대기 허공
에다 배를 비끄러맨 마음이라면,
몇 번이고 낭떠러지를 안고 몸을 던져낸 울음일 거야 팔
딱거리는 핏덩이의 울음소리로 만든 뱃길일 거야

갈라진 배바위의 뱃속으로 천천히 들어가는 나는 배바위
뱃속에 몸을 의탁한 가여운 아기
아가, 네 울음소리를 더듬어 뱃길을 연다
나는 배를 가르고 꺼낸 핏덩이의 풍부한 울음소리로 만

든 배

　배를 미는 동안 갈라진 배바위의 배가 맞붙고 배를 미는
동안
　아늑하고 황홀한 허공에 뱃길이 난다
　누가 또 가장 아리고 뜨거운 울음에 배를 맨다

*화왕산 정상에 있는 바위. 배를 붙잡아 맨 곳이란 전설이 있어 배바위라 부른다.

침묵을 벼리다

난 폭풍우 몰아치는 바다가 좋더라
욕설 같은 바람이 얇은 옷을 벗기려 안간힘을 쓰는
그 앞쪽은 젖어 찰싹 붙고 그 뒤쪽은 불룩하게 헐렁한,
마음이 바람의 날을 벼리고 있잖아
절규하며 날뛰는 힘을 견디며 파랗게 날선 노래를 부르잖아
봐, 깊게 사랑했던 마음이 들끓을 때
당신은 울음소리에 몰두할 수 있지
당신이기에 어느 한 가슴이 가장 먼저 썩을 수도 있지
내가 알았던 세상의 모든 길을 지우고
다시 당신이라고 불렀던 사람이여,
저기 망망대해를 펼쳐두고 출렁임을 그치지 않는
당신의 침묵이 폭풍우가 되는 바다가 참 좋더라
폭풍우에 스민 울음소리가 들리잖아
나를 부르는 웃음소리가 들리잖아
마음이 바람의 날을 세워 밀며 밀리며 견디는
저 애증의 극단 중간에 침묵을 두고
세상이 되고 길이 되었던 당신이 가슴으로 와서
폭풍이 될 때 나는 휘몰아치는 바다가 좋더라

집으로 가는 길

이상하게도 가면 갈수록 멀어지는 집,
흙도 뜯들여야 한다고
체로 치고 발로 밟아 흙벽돌을 구웠습니다
맨발로 황토 흙을 반죽할 때마다 엄마의 치마가 부풀고
발가락 사이로 뽀로록, 소리를 내며 흙이 반죽되면
엄마는 몸 만드는 일을 하십니다
흙벽돌을 굽고 엄마의 치마가 부풀고
엄마는 몸 살리는 일을 하십니다
뜨거운 치마폭을 가진 이 집에 자꾸만 목소리가 생겨나고
맨발로 불렀던 노래는 맨발의 흙벽돌 속에 스며
집을 에워싼 돌담은 길게 이어졌습니다
황토 흙을 밟았던 맨발의 목소리와 혼자 핀 창포꽃
아버지 지게 위에서 소담스럽던 참꽃과
담 넘어가고 넘어오던 호박죽 그릇 속의 엄마 목소리
호미로 흙을 긁어내어 장화를 씻던 수돗가와
금간 장독에 눌러 바르던 아주까리 열매 기름
똥이 잘 익었다며 채마밭으로 똥장군 짊어내던
젊은 아버지가 살고 있는 집으로 갑니다
가면 갈수록 이상하게 자꾸 멀어지는 집,
황토 흙이 묻어나는 벽을 손바닥으로 만져보던 시간이
맨땅에 등을 대고 눕습니다

돈방석 집

먹살을 잡고 싸우던 사람이 씩씩거리며 깡소주를 마실 때도 따지고보면 다 이것 때문이니 엉킨 마음이나 녹이세요, 내주던 방석

공사판 인부들이 목에 걸린 시멘트 가루를 씻겠다고 들어와도 이렇게 돈벼락을 맞아 술술 씻길 거예요, 내주던 방석

대패삼겹살로 생일 특별 밥상 차리러온 올망졸망 가족에게도 살다보면 이런 지폐다발 수두룩 깔고 앉을 날이 올 거예요, 내주던 방석

볼우물 깊게 웃던 그 집
사랑초를 가꾸고 물난초를 기르고 치이치이 물뿌리개로 춘란에 물을 주고

뜨거운 숯불이 들어오고 지글지글 대패삼겹살이 익고 상추에 고기가 얹히고 싱글벙글 무료 서비스 음료수병 뚜껑이 팡, 팡, 열리고 들썩들썩 손님이 오고가고

끝다리* 몇 천 원 서비스했어요, 상냥하게 웃던 그 집

오늘 철거를 한단다 오는 사람들에게 돈방석을 내주었는
데 그 사람 돈방석에 앉았다 한다

*거스름돈, 나머지를 말하는 우수리. 경남 방언.

젖은 눈의 글쓰기

— 강미정 시집 『검은 잉크로 쓴 분홍』 읽기

오민석/ 시인, 문학평론가

I

문학의 본질은 희극이 아니라 비극에 있다. 희극 속에서도 문학은 인간의 비극을 읽는다. 희극 속의 그 모든 우스꽝스러움은 어리석음의 다른 모습이다. 문학은 인간과 세계의 궁핍을 들추어내는 미적 기제 중의 하나이다. (횔덜린 F. Hölderlin에게만 아니라) 모든 시인에게 궁핍하지 않은 시대란 없다. 시는 궁핍한 현재를 들여다보는 렌즈이다. 세계는 늘 궁핍하고 시인은 늘 그 너머를 본다. 궁핍한 현실과 그 너머 사이에 문학이 존재한다.

강미정의 시집 전체에 걸쳐 가장 자주 반복되는 단어가 있다면, 그것은 눈물 혹은 울음의 유사어들이다. 강미정은 젖은 눈으로 세계를 본다. 그녀는 복잡다단한 세계를 눈물로 약호화한다. 그녀의 젖은 눈은 주로 가난한 것, 힘든 것, 죽어가는 것, 슬픈 것, 불쌍한 것들의 뒷모습을 향해 있다. 그녀는 그런 세상의 슬픈 뒤꼭지를 보고 운다. 그녀는 자신

118

의 슬픔을 울고, 노모의 욕설을 울고, 당신의 사랑을 운다. 그녀의 울음은 유장하여 세상의 바닥에 닿아 있다. 진짜 울음은 슬픔으로 그치지 않는다. 진정한 울음은 사유이고 통로이며 대안이다. 진짜 울음은 진실이고 사랑이기 때문이다. 그녀의 눈물이 넘칠 때 사랑이 넘치며 세계에 대한 진정성이 넘친다. 눈물은 크다. 눈물은 모든 것을 안기 때문이다. 젖은 눈은 깊다. 젖은 눈은 사랑이기 때문이다.

둥글게 스민다는 말이
소리 없이 울고 싶은 자세라는 걸 바다에 와서 알았다
둥근 수평선, 모래에 발을 묻고 흐느끼다 스미는 둥근 파도,
나는 왜 당신의 반대편으로만 자꾸 스몄을까
내 반대편에서 당신은 왜 그토록 둥글게
나에게로만 빗물 보내왔을까
파도가 대신 울어주는 바닷가에서
둥글게 스민다는 말이 혼자 우는 자리라는 것을 알았다
나를 대신하여 울던 당신이
어두운 곳에서 둥글게 몸을 말고 오래오래 혼자 울던 당신이
이른 저녁 눈썹달로 떴다 울고 싶은 자세로 웅크려 떴다
세상은 울고 싶은 자세로 몸을 웅크리다가 둥글어졌을 것이다
수평선이 저렇게 둥근 것처럼
나를 비추던 울음도, 나에게 스미던 당신도 수평선처럼

둥근 자세였다

—「둥근 자세」 부분

 나와 당신은 울고 있는 두 개의 원이다. 둥근 원은 혼자 울다가 타자에게 스민다. 그러나 나는 나의 원 안에서 "당신의 반대편으로" 쓰러져 울고, 당신은 "나를 대신하여" "오래오래 혼자" 울면서 "나에게로만 빗물 보내"고 "나에게 스미어" 온다. 내가 너무 아파서 나 대신 우는 당신이야말로 사랑이다. 사랑은 타자에게 스미기 위해 각을 없앤 "둥근 자세"이다. 혼자 울려면 몸을 굽혀야 한다. 둥근 자세는 오로지 우는 자에게만 온다. 내가 아파서 울고 타자가 아파서 우는 둥근 자세들이 모여 세상을 둥글게 만든다.

 그때 누가
 울어도 됩니다 하고 말해줬더라면
 그냥 울어도 됩니다 이렇게 말해줬더라면,

 그때 누가
 우는 등을 쓸어줬더라면
 힘들었지요 우는 등을 쓸어줬더라면,

 (…)

 아마도 욕을 안 했을지도 몰라요
 세상의 욕이란 욕 다 듣고 와서

세상을 향해 퍼붓지 않았을지도 몰라요

당신을 향해 퍼붓지 않았을지도 몰라요

코로나로 면회가 안 되는 요양병원에

간식을 넣으며 창문으로 노모를 보고 온 날,

노모가 한다는 찰진 욕을 생각하며 울었다

그 욕이 날품으로 살아낸 노모의 울음 같아서

서른 청상의 몸으로 다섯 자식 겨우 키워낸

노모의 피울음 같아서

—「욕」부분

　(어머니를 잃고) "나는 그 사람이 아프다"고 고백했던 롤랑 바르트R. Barthes처럼 시인은 어머니가 너무 아프다. 노모의 "찰진 욕"이 아프고, "피울음"이 아프다. 시인이 욕의 배후에 있는 울음의 무의식을 읽을 때, 시인의 울음-코드는 연민을 넘어선다. 수많은 울음이 사회·역사적 억압을 겪는다. 세상엔 울고 싶어도 울지 못하는 울음의 사회학이 있다. 끔찍할 정도로 남성 중심적이며 봉건적인 사회에서 나이 "서른 청상의 몸으로 다섯 자식 겨우 키워낸/ 노모의 피울음"엔 사회·역사적 모순의 총계가 집약되어 있다.

　노모가 살아낸 궁핍의 시대에 여성의 인권이란 존재하지 않았다. 가난한 자들을 위한 복지정책도 사실상 전무했다. 오로지 자식들을 키우기 위해 여성 폄하와 계급적 편견과

사회적 냉대를 참아내야 했던 노모의 전 생애는 그 자체 거
대한 역사-서사이다. 그것은 시적 화자의 어머니뿐만 아니
라 그 시대를 살아온 모든 가난한 여성들의 이야기이기도
하다.

노모의 피눈물은 이런 점에서 개인을 넘어선 사회·역사
적 고통의 객관 상관물이다. 그 눈물이 오랜 세월의 억압을
견딘 후에 "찰진 욕"으로 전치되어 나타날 때, 아무도 그것
을 뭐라 할 자격이 없다. 그 누구도 시 속의 노모에게 울음
을 허락하지 않았으므로, 그 누구도 그녀의 고통을 위로하
지 않았으므로, 노모의 때늦은 욕은 무례가 아니라 철저하
게 무력한 약자의 소극적이고도 무의식이며 사회적인 저항
이다.

화자는 이제 생의 마지막 단계에서 고작 욕으로 자신의
체면을 망가뜨리며 무의식적인 불만을 표현하는, 노모의
너무나 보잘것없는 존재감 때문에 운다. 그 울음엔 수천 년
가부장제에 대한 경험적이고도 현실적인 분노와 그 누구도
책임지지 않았던 사회적 약자의 생애에 대한 더할 수 없는
애정이 넘치도록 녹아 있다. 슬픔을 넘는 눈물의 정당한 힘
은 이렇게 타자에 대한 사랑에서 나온다.

II

강미정의 문장에선 서툰 흔적을 찾아보기 힘들다. 그녀
의 문장은 오랜 수련 끝에 잘 닦인 무인의 솜씨처럼 단호하
며 자연스럽고 매끄럽다. 그녀는 젖은 눈으로 세상을 읽되

감상에 빠지지 않고, 인간과 세계의 고통을 이야기하되 과장하지 않는다. 눈물의 코드로 세계를 읽으면서도 그는 비개성의 시학the poetics of impersonality을 실천하듯 센티멘털리즘과 거리를 둔다. 그녀는 슬픔을 강요하지 않으면서도 사람을 울릴 줄 아는 기술의 소유자이다. 그녀의 젖은 눈은 슬픔을 상투화하지 않으면서 슬픔에 진정성을 부여한다. 그녀의 눈물엔, 울만 하니까 우는 거라는 떳떳함과 확신이 숨어 있다.

> 흰 꽃을 머리에 인 벚나무 그늘 속,
> 할머니 네 분이 택시를 잡는다
> 와그르르 쟁강, 놋요강 굴러가는 소리가 난다
> 마침, 그늘을 나온 뽀얀 할머니 곁으로
> 택시가 미끄러지며 섰는데
> 할머니는 반가워서 그늘 속을 향해
> 얼른 오라고 손짓을 한다 와그르르 쟁강,
> 놋요강 굴러가는 소리 난다
> 벚나무 그늘에 화장지 깔고 앉았다가
> 일제히 일어서는 할머니들을 보자
> 택시는 부앙, 쏜살같이 내빼고
> 화장지 들고 맨살의 햇빛 쪽으로
> 허둥지둥 나왔던 할머니들
> 우야꼬 또 내뺐네, 뽀얗게 웃는다
> 처자들은 치마만 살포시 들쳐도
> 야 타, 야 타, 차들이 선다카더마는

돈 준다케도 안 서네 안 태워주네 웃는다

젤로 고븐 논실댁아 너가 치마를

치마를 한 번 들쳐, 벚나무 흰 꽃그늘 속

놋요강 굴러가는 소리 환한,

—「벚나무 흰 치마」 전문

이 작품이 은근히 돋보이는 이유는 그것이 상투적인 구도에서 멀찍이 떨어져 있기 때문이다. 가장 화려한 봄꽃의 하나인 벚꽃은 통상 약동하는 젊음과 절정에 이른 아름다움을 상징한다. 그러나 시인이 뽀얗게 아름다운 "벚나무 그늘 속"에 배치한 것은 아름다운 청춘들이 아니라 역설적이게도 인생의 종점에 와 있는 "할머니 네 분"이다. 이들은 "와그르르 쟁강, 놋요강 굴러가는 소리"로 축제처럼 떠들며 벚나무의 화려함을 절정으로 이끈다.

이들을 무시하는 것은 자연이 아니라 이들의 승차를 거부하는 사회적 시선("택시")이다. 그러나 할머니들은 이에 기죽지 않는다. 이들은 "유야꼬 또 내뺐네" "처자들은 치마만 살포시 들쳐도/ 야 타, 야 타, 차들이 선다"고 떠들며 뽀얗게 웃는다. "놋요강"는 이들의 생물학적 나이와 오래된 문화를 상징하는 객관 상관물이다. 이들은 그 낡은 물건이 깨지도록 웃음으로써 늙은 여성성에 대한 사회적 비하에 맞선다.

유머와 여유가 이들의 생물학적 나이를 지우고 이들을 "벚나무 흰 치마"에 완전히 동화된 아름다운 풍경으로 만든다. "흰 꽃을 머리에 인 벚나무"는 이제 젊음이 아니라 흰 머리카락을 머리에 인 이들과 하나 되어 더욱 아름다운 화합물이 된다.

갑자기 그것이 펼쳐졌다
오므린 꽃봉오리가 꽃잎을 쫘악 펼치는 동영상처럼
소복이 쌓인 눈 사르르 녹은 자리

찬바람 맞아 거뭇거뭇 타들어간 민들레꽃에 앉아
날개도 접지 않고 절명한 나비 한 마리

마지막으로 핀 그 꽃에
마지막 남은 힘으로 나비 날아들었을 때

가녀린 꽃대 아래 드리워진 검은 그림자
하얗게 지워준 눈
아직도 해끗해끗 담 그늘에 남았다

추운데 혼자서, 한 덩이 어둠이 녹을 때까지
조마조마 기다린 저 조막만한 땅, 이제사 잠들겠다

마지막까지 꽃 피워낸 마음
숨질 때까지 꽃향기 찾아온 마음
다시 조막만한 땅에게 전해줄 때까지

고요히 죽음을 맞겠다 겨울이다

—「조막만한 고요」전문

이 시집이 도달한 가장 높은 성취 중의 하나인 이 작품은 작고 약한 것의 죽음을 둘러싼 사물들의 거대한 연대를 보여준다. 세상의 그 어느 것도, 그 어떤 생명도 하찮은 것은 없다. 겨울을 맞이하여 다 죽어가는 민들레꽃 위에 "마지막 남은 힘으로" 날아앉아 "날개도 접지 않고 절명한" 나비의 죽음엔 우주의 만물이 모두 개입한다.

그 "조막만한 고요"를 지키기 위하여 눈은 "가녀린 꽃대 아래 드리워진 검은 그림자"를 하얗게 지워주고, "조막만한 땅"은 "추운데 혼자서, 한 덩이 어둠이 녹을 때까지" "조마조마" 기다린다. 죽음을 둘러싸고 민들레와 나비, 눈과 땅 사이에 벌어지는 이 고요하지만 끈끈한 연대를 통하여 시인은 한 생명의 사라짐에 대하여 할 수 있는 한 최대한의 경의를 보내고 있다. 생명을 향한 이 절대적인 경의만이 사람의 눈을 젖게 만든다. "조막만한 고요"를 들여다볼 줄 아는 시선만이 눈물의 코드로 세상을 읽을 수 있다. 그런 눈물만이 연민과 감상을 넘어선 사랑에 도달한다.

III

아무리 작은 것일지라도 죽음은 피조물들의 한계와 무력無力과 슬픔의 집약체이다. 죽음은 불멸의 삶을 살지 못하는 것들의 이마에 붙여진 화인火印이다. 살아남은 자들은 타자의 죽음 속에서 자신들의 치명적인 한계와 미래를 읽는다. 죽음은 모든 피조물이 예외 없이 도달하는 종점이므로 세상에서 가장 공평한 공간이다. 살아 있는 것들은 무수히 널려 있는 죽음들 속에서 자신의 과거와 현재와 미래를 확인한다. 그리하여 모든 죽음 속에는 뼈아픈 성찰이 있다.

> 못물 수위 조금씩 낮아질 때마다
> 동네 사람들 양동이 들고 가서 고둥을 주워오고
> 낚싯대 들고 가서 붕어를 낚아오고
> 고둥을 삶아먹고 붕어를 쪄해먹고
> 못물 수위 더 낮아질수록 양동이는 가득 차서
> 휘파람을 불며 가난한 사람도 부자인 사람도
> 고둥을 삶아먹고 붕어를 쪄해먹고
> 물 다 빠진 못에는 자동차가 한 대
> 달리고 있었다지 동네 사람들
> 잡았던 붕어를 못에 돌려주고
> 주웠던 고둥을 못에 돌려주고
> 죽도록 사랑한 두 사람 꼭꼭 숨겨준 못에
> 향불을 올렸다지 살아서 사랑을 하지
> 태양이 닿는 모든 곳에서 사랑을 하지
> 두 사람 꼭꼭 숨겨준 못에 향불을 올렸다지
> 동네 사람들 모두 속을 게워내고
> 바람에게도 그림자에게도 향불을 올렸다지
>
> —「어떤 축문」 전문

강미정의 시들은 대개 기승전결의 서사를 가지고 있어서 전문을 읽어야 그림이 그려지는 경우가 많다. 이 시도 예외가 아니다. 수위가 낮아질수록 동네 사람들은 못물의 고등과 붕어를 더 쉽게 잡는다. 못물의 수위가 낮아질수록 못물의 내부가 점점 더 드러난다. 못물이 마을 사람들에게 감추고 있던 어패류를 다 내주고 나자, 마침내 "물 다 빠진 못"에서 오래된 사건(진실)이 드러난다. 못물 바닥에는 "죽도록 사랑한 두 사람"의 주검이 지금도 달리고 있는 것 같은 자동차 안에 있다. 이들이 못물에 들어와 있는 것은 살아서 사랑을 하지 못했을 어떤 불가피한 이유 때문일 것이다. 그러므로 "살아서 사랑을 하지"라는 주민들의 애타는 주문은 이제 아무 소용이 없다. 죽음은 돌이킬 수 없는 것의 존재성을 각인해준다. 돌이킬 수 없는 사태 앞에서 살아 있는 모든 것은 철저하게 무력하다. 그저 "두 사람 꼭꼭 숨겨준 못에 향불을" 올리는 것만이 살아 있는 자들이 할 수 있는 일의 전부이다.

살기 위해 죽음을 먹고 자란 고등과 붕어를 주민들 역시 살기 위해 잡아서 먹었다. 사는 것들의 먹이연쇄를 거꾸로 돌리면 끝자리엔 항상 죽음이 있다. 죽음이 삶을 살린다. 이 날것의 진실 앞에서 사람들은 "모두 속을 게워내고" 두 사람에게 향불을 올리는 것으로도 모자라 "바람에게도 그림자에게도 향불을" 올린다. 이렇게 하여 죽음의 규칙이 못물 바닥에서 나와 온 세상을 지배하는 원리로 공표된다. 강미정이 세상을 읽는 눈물 코드는 좁게는 자신을 중심으로 한 고난의 가족사에서 그리고 멀게는 피조물들의 이런 치명적인 한계와 연약함과 아픔에 대한 인식에서 비롯된 것이다.

> 황토 흙을 밟았던 맨발의 목소리와 혼자 핀 창포꽃
>
> 아버지 지게 위에서 소담스럽던 참꽃과
>
> 담 넘어가고 넘어오던 호박죽 그릇 속의 엄마 목소리
>
> 호미로 흙을 긁어내어 장화를 씻던 수돗가와
>
> 금간 장독에 눌러 바르던 아주까리 열매 기름
>
> 똥이 잘 익었다며 채마밭으로 똥장군 짊어내던
>
> 젊은 아버지가 살고 있는 집으로 갑니다
>
> 가면 갈수록 이상하게 자꾸 멀어지는 집,
>
> 황토 흙이 묻어나는 벽을 손바닥으로 만져보던 시간이
>
> 맨땅에 등을 대고 눕습니다
>
> —「집으로 가는 길」부분

시인의 젖은 눈이 빛나는 것은 그것이 타자에 대한 큰 사랑에서 비롯된 것이기 때문이다. 반면에 자기 설움의 눈물은 타자의 외부에 머물 뿐이다. 그것은 사랑이 없으므로 속이 없는 울림과 같다. 시인이 타자의 고통을 자신의 것으로 느낄 수 있는 것은 보편적 아픔에 매우 민감한 안테나를 가지고 있기 때문이다. 이런 안테나는 타고난 것이기도 하고 자신의 경험을 타자의 경험에 유추할 수 있는 능력 때문이기도 하다.

강미정 시인이 젖은 눈으로 세상을 읽을 때, 독자들은 그 시신에서 순도 높은 사랑의 영혼을 읽는다. 슬픔도 힘이 세다,는 말은 이럴 때 하는 것이다. 아름다운 눈물은 아름다운 사랑을 부른다. 늙고 병든 부모를 바라보던 젖은 눈의 배후에는 위 시에서처럼 영원히 살아 있는 사랑의 기억이 있다. 그 소중하고 아름다웠던 원형(archetype)이 적멸의 블랙홀로 사라지는 것을 볼 때 시인의 눈가가 젖는다. 사랑하는 모든 것은 위 시에서처럼 "가면 갈수록 이상하게 자꾸 멀어지는 집" 같다. 살아 있는 모든 것은 가엾고, 슬프며, "조막만한 고요"를 향해 있다. 이 시집은 그런 모든 조막만한 것들을 바라보는 젖은 눈의 기록이다.

현대시세계 시인선 162

검은 잉크로 쓴 분홍

지은이_ 강미정
펴낸이_ 조현석
기   획_ 김정수, 우대식
펴낸곳_ 북인
디자인_ 푸른영토

1판 1쇄_ 2024년 04월 28일
출판등록번호_ 313 - 2004 - 000111
주소_ 121 - 842 서울 마포구 서교동 460 - 34, 501호
전화_ 02 - 323 - 7767
팩스_ 02 - 323 - 7845

ISBN 979-11-6512-162-4   03810
ⓒ강미정, 2024

책값은 뒤표지에 있습니다.
저자와 협의 아래 인지를 생략합니다.

이 책의 글과 그림에 관한 저작권은 저자와 출판사에 있습니다.
저자 허락과 출판사 동의 없이 내용의 일부를 인용, 발췌를 금합니다.